AF358320

VENTE

JULES ANDRÉ

Le Lundi 31 Janvier 1870

A DEUX HEURES

EXPOSITION PUBLIQUE

LE DIMANCHE 30 JANVIER, DE 1 A 5 HEURES

Mᵉ BOUSSATON, Commissaire-Priseur

M. DURAND-RUEL, Expert

IMPRIMERIE J. CLAYE
PARIS

CATALOGUE

DES

TABLEAUX

PEINTS PAR FEU

JULES ANDRÉ

DONT LA VENTE PUBLIQUE AURA LIEU

HOTEL DROUOT, SALLE N° 9

Le Lundi 31 Janvier 1870

A DEUX HEURES

———

PAR LE MINISTÈRE DE M⁰ **BOUSSATON**, COMMISSAIRE-PRISEUR

7, RUE LE PELETIER

ASSISTÉ DE **M. DURAND-RUEL**, EXPERT

16, rue Laffitte, et rue Le Peletier, 11.

———

EXPOSITION PUBLIQUE

LE DIMANCHE 30 JANVIER, DE 1 A 5 HEURES

———

1870

CONDITIONS DE LA VENTE

Elle sera faite au comptant.

Les adjudicataires payeront cinq pour cent en sus des enchères, applicables aux frais.

Les amateurs de peinture apprendront avec plaisir que, le 31 janvier prochain, doit être mis en vente l'atelier d'un artiste dont le nom leur est connu et leur est cher, Jules André. Depuis environ quinze ans, Jules André s'était retiré de la lice, et si, de temps à autre, il envoyait quelques toiles aux expositions publiques, c'était plutôt pour donner signe de vie que pour concourir à des distinctions, ou, comme l'on dit dans la langue du jour, à des récompenses qu'il avait déjà obtenues.

Nous avons dit, dans une notice nécrologique publiée par le Temps, que Jules André avait été l'élève de Jolivard : c'était de Watelet qu'il fallait dire. Nous avions placé sa naissance en 1804 : il est né en 1807. Nous avions cru savoir qu'il avait quitté la Manufacture de Sèvres en 1856, tandis qu'il est resté jusqu'à sa mort attaché à cet établis-

sement, où il a laissé les plus honorables souvenirs. Enfin, nous avions omis d'écrire que Jules André avait été nommé, après la révolution de 1848, conservateur des dessins au Musée du Louvre. Qu'il nous soit permis de saisir l'occasion qui se présente de réparer ces omissions et ces erreurs.

Parmi les soixante-dix-sept morceaux que M. Durand-Ruel va mettre en vente à la fin du mois, il y a un certain nombre d'ouvrages complétement, absolument finis, et un nombre plus considérable encore d'études vraiment terminées. C'est donc le cas de renouveler cette observation que les études des peintres sont souvent plus appréciées et plus précieuses que leurs tableaux achevés. Le talent du maître s'y révèle, en effet, plus naïf, plus sincère et plus personnel. Lorsqu'il fait un tableau, l'artiste est plus ou moins en scène, il songe au spectateur qui le regarde ou qui va le regarder; au contraire, lorsqu'il peint une étude en pleine campagne, il ne songe qu'au spectacle qu'il a devant les yeux, il est tout entier à ses impressions, et il les transcrit, pour ainsi dire, sous la dictée de la nature; et voilà justement ce qui double le prix des charmants paysages dont nous annonçons la vente.

Les dernières toiles de Jules André ont été peintes dans le département de Seine-et-Marne, soit dans le bois de la

Grange-Bléneau, soit dans les campagnes voisines, et le plus souvent elles ont un caractère de grandeur qui dépasse la nature de ce pays; tant il est vrai que l'art est en nous-mêmes, et que les choses vues sont beaucoup moins dans la réalité qui les montre que dans l'œil qui les voit. Il va sans dire, au surplus, que ces dernières études portent toutes l'empreinte, un peu uniforme, de la contrée tempérée et moyenne qui les a inspirées; mais cela même est un certificat de fidélité, une preuve flagrante de la conscience que le peintre a apportée dans son travail.

Est-ce à dire qu'on n'y puisse relever aucun défaut? Non sans doute, et, pour mon compte, un peintre sans défaut me semble toujours peu intéressant. Le défaut, quand il n'est pas saillant, est comme une entamure par laquelle on peut mordre plus facilement aux qualités. Si l'on s'arrête, ici, à une étude d'arbres, à une étude de rochers, à une étude d'eau, on est frappé de la science, de l'habileté rare avec lesquelles chaque morceau est rendu. On suit de l'œil ces feuillés qui se détaillent, se varient, se nuancent, tout en restant dans la masse; les luisants de l'eau, les rochers coupants et humides, le gras des terrains et les troncs rugueux sont exprimés avec une adresse qui n'était pas, il y a vingt ans, aussi commune qu'elle l'est devenue depuis, grâce à l'école des novateurs dont Jules André faisait partie, et des premiers. *Tous les fragments enfin sont excellents;* mais quand de ces fragments précieusement recueillis, sincèrement étudiés et serrés de près, le peintre compose un paysage, on sait qu'il n'a pas toujours une suffisante préoccupation de l'ensemble; on devine le moment où il a quitté son atelier des bois pour rentrer dans son atelier de la ville. Il lui arrive, par exemple, de laisser le spectateur incertain sur l'heure du jour, de piquer des lumières vives, quelquefois blanches et même un peu crayeuses, sur des troncs d'arbres qui, éclairés de la sorte, supposent une certaine heure du jour, alors que le reste du tableau pourrait faire supposer une autre heure. Cela tient au besoin qu'il éprouve de rappeler vivement le clair sur les premiers plans, et cette nécessité tient elle-même à ce que l'artiste a pour habitude de mettre sur le devant toutes les vigueurs. Aussi, quand ses paysages sont plus calmes et plus massés, quand ils sont exempts de ces réveillons de lumière surajoutés sur les troncs d'arbres, ou de ces ourlets de clair au bord des chemins, ils sont à mon gré plus harmonieux, et le peintre arrive alors aux effets obtenus par les meilleurs maîtres hollandais. Ainsi nous avons vu de lui plusieurs morceaux, entre autres deux ou trois marines, qui sont tout à fait charmants et qui nous ont remis en mémoire les ciels de Ruisdaël traversés par des nuages ambulants, ses gris fins qui cachent la pluie et ses touches argentées qui laissent soupçonner le soleil couvert.

Jamais, du reste, Jules André ne s'est montré plus libre, plus fidèle à son tempérament et à ses goûts, que dans cette curieuse et précieuse série de tableaux et d'études qu'il a faite en silence, loin des acheteurs, et sans tenir compte de leurs opinions, si variables en peinture. Ce qu'il paraît aimer le plus dans la nature, ce sont les intérieurs de bois : il se plaît à en rendre le mystère, à en creuser les ombres, à les rehausser ensuite de quelque rayon qui s'est glissé entre les branches, et qui vient tomber sur une vieille maison de garde, ou raviver l'écorce claire d'un bouleau ou d'un hêtre. C'est là que se passe pour lui tout le drame du tableau. Le ciel, ordinairement gris et léger, ou d'un bleu pâle, n'y a presque point de part. Il est subordonné à l'intérêt des premiers plans, sur lesquels l'artiste a concentré tout son amour et tout son savoir. Cependant, quand il reste encore un peu de soleil à l'horizon, le ciel en dit quelque chose et il est bien rare que les derniers éclats du couchant, ou les percées de soleil au milieu d'un jour brumeux, n'accrochent pas en passant quelque déchirure de nuage.

Il est des paysagistes qui font tout dépendre du choix de leur ciel ; pour eux c'est le degré de chaleur et de lumière qu'il y a dans le ciel qui commande à tout,

Jules André met de préférence sous les bois le principal intérêt de son tableau, parce qu'il est sûr d'y faire valoir le meilleur de son talent, parce qu'il sait à merveille le port des arbres, la tournure de leurs branches, le caractère et les allures de leur feuillage; aussi jamais ne fait-il la faute de mettre sur le tronc d'un chêne le feuillé d'un charme, par la raison que ses études ont toutes été prises directement sur nature.

Jules André, disait souvent avec une touchante simplicité : « Je ne laisse pas de fortune aux miens , mais je leur laisse des œuvres faites avec conscience, qui paraîtront sous les yeux du public après ma mort, et que, j'en ai la ferme espérance, le public estimera. » Cette espérance, trop modestement exprimée par le peintre, cette espérance est aussi la nôtre. Elle ne sera pas trompée; elle ne doit pas l'être.

CHARLES BLANC,
De l'Institut.

CATALOGUE DE TABLEAUX

PEINTS PAR

M. Jules ANDRÉ

GIRONDE

1. — Vue prise sur les bords du Lary ; effet du soir (1850).

H., 72 c. ; l., 50 c.

2. — Vue d'un marais ; effet du matin (1860).

H., 72 c. ; l., 50 c.

3. — Le retour du troupeau, à Carignan (1862).

H., 64 c. ; l., 54 c.

4. — Lisière d'un bois, près de Carignan (1862).

H., 64 c. ; l., 54 c.

5. — Mare sous des saules, à Lignan (1862).

H., 64 c. ; l., 54 c.

6. — Route près de Carignan (1862).

H., 64 c. ; l., 54 c.

7. — Groupe de chênes à Bonetan (1863).

H., 58 c. ; l., 44 c.

8. — La côte de Saint-Georges, près de Royan (1863).

H., 54 c. ; l., 31 c.

9. — Entrée de la Gironde ; vue prise à Royan (1863).

H., 73 c.; l., 50 c.

10. — Entrée de la Gironde ; vue prise à Royan (1863).

H., 116 c.; l., 75 c.

11. — Entrée d'un bois, à Carignan (1863).

H., 116 c.; l., 89 c.

12. — Bateaux sur la Garonne (1864).

H., 72 c.; l., 50 c.

LANDES

13. — Vue d'un marais, près de Tartas ; soleil couchant (1855).

H., 72 c.; l., 50 c.

HAUTES-PYRÉNÉES

14. — Chute d'eau près de Baréges (1851).

H., 64 c.; l., 54 c.

CREUSE

15. — Vue prise à Saint-Hilaire-le-Château (1852).

H., 82 c.; l., 56 c.

16. — Une vanne dans un bouquet d'arbres (1854).

H., 72 c.; l., 50 c.

17. — Vaches traversant un gué (1854).

H., 72 c.; l., 50 c.

18. — La mare aux chênes (1855).

H., 64 c.; l., 45 c,

19. — Lisière d'un bois (1855).

H., 46 c.; l., 37 c.

20. — Panneau sur bois; vue prise dans la Creuse (1857).

H., 47 c.; l., 35 c.

21. — Un gué; effet du soir (1860).

H., 60 c.; l., 46 c.

22. — Vue prise aux environs de Bourganeuf (1868).

H., 116 c.; l., 89 c.

SEINE-ET-OISE

23. — Lisière d'un bois, près de l'Isle-Adam (1855).

H., 64 c.; l., 54 c.

24. — Vue prise aux environs de l'Isle-Adam (1855).

H., 73 c.; l., 59 c.

25. — Une petite vanne, à l'Isle-Adam (1855).

H., 35 c.; l., 27 c.

CHARENTE

26. — Bords de la Charente, près de Mansle (1860).

H., 80 c.; l., 65 c.

27. — Étude d'arbres (1860).

H., 46 c.; l., 37 c.

28. — Soleil couchant (1860).

H., 46 c.; l., 37 c.

VOSGES

29. — Bras de la Meurthe, près de Saint-Dié (1861).

H., 64 c.; l., 54 c.

30. — Un ruisseau, près du Valtin (1861).

H., 64 c.; l., 54 c.

31. — Chute d'eau dans la vallée de Saint-Dié (1861).

H., 72 c.; l., 50 c.

32. — Vue prise à l'entrée de la vallée de la Bole, près Saint-Dié (1861).

H., 72 c.; l., 50 c.

33. — Chaumière près d'une chute d'eau, dans la vallée de Stréture (1861).

H., 64 c.; l., 54 c.

34. — Vue prise près de Rougiville, environs de Saint-Dié (1861).

H., 64 c.; l., 54 c.

35. — De Saint-Dié à Ornon (1863).

H., 60 c.; l., 50 c.

36. — Vue du lac Blanc (1863).

H., 64 c.; l., 54 c.

37. — Barrage de la Meurthe ; effet du matin (1863).

H., 64 c.; l., 54 c.

38. — Tanneries de Saint-Dié (1863).

H., 64 c.; l., 45 c.

39. — Près de Robache ; effet d'orage (1865).

H., 60 c.; l., 50 c.

40. — Ruisseau dans la vallée de Remiremont (1865).

H., 55 c.; l., 46 c.

41. — Bords de la Meurthe, près de Saint-Dié (1865).

H., 55 c.; l., 46 c.

42. — Effet du soir dans la vallée de Sainte-Marguerite (1865).

H., 55 c.; l., 46 c.

43. — Vue prise dans la vallée de Grange (1865).

H., 55 c.; l., 46 c.

44. — La Meurthe dans la vallée de Sainte-Marguerite (1865).

H., 65 c.; l., 42 c.

45. — Vieille route de Saint-Dié à Rougiville (1865).

H., 1m; l., 81 c.

46. — Vallée de Saint-Dié; soleil couchant (1865).

H., 65 c.; l., 50 c.

47. — Le Wiazelstein; vue prise dans les montagnes du Valtin (1864).

H., 1m; l., 81 c.

OISE

48. — Le village de Saint-Léger-aux-Bois (1865).

H., 64 c.; l., 45 c.

49. — Vue prise sur les bords de l'Oise (1865).

H., 64 c.; l., 45 c.

50. — Bords de l'Oise, près de Saint-Léger-aux-Bois (1868).

H., 56 c.; l., 38 c.

51. — Vue prise dans la forêt de l'Aigue, près de Compiègne (1868).

H., 56 c.; l., 38 c.

52. — Verger à Saint-Léger-aux-Bois (1868).

H., 50 c.; l., 40 c.

53. — Étude d'arbres à Saint-Léger-aux-Bois (1868).

H., 46 c.; l., 32 c.

SEINE-INFÉRIEURE

54. — Chaumières aux environs du Tréport (1866).

H. 1^m,16 c.; l., 89 c.

55. — Falaise du Tréport (1866).

H., 65 c.; l., 45 c.

56. — Une mare dans la vallée de la Bresle (1866).

H., 65 c.; l., 45 c.

57. — Un chemin creux près du Tréport (1866).

H., 73 c.; l., 50 c.

58. — Bouquet d'arbres, près de la route du Tréport à Dieppe (1866).

H., 55 c.; l., 46 c.

59. — Four de la ferme de Granges, près du Tréport (1866).

H., 55 c.; l., 46 c.

60. — Chaumière près du Tréport (1866).

H., 46 c.; l., 37 c.

61. — Falaise de Mers (1866).

H., 60 c.; l., 50 c.

62. — Allée d'une ferme (1867).

H., 60 c.; l., 50 c.

63. — Vallée de la Bresle, près du Tréport; soleil couchant (1867).

H., 60 c.; l., 50 c.

64. — Entrée d'un clos à Monthuon, près du Tréport (1867).

H., 73 c.; l., 60 c.

65. — Chemin dans un petit bois, derrière la ferme de Granges (1867).

H., 73 c.; l., 60 c.

66. — Ferme près de Ménil-Val (1867).

H., 73 c.; l., 60 c.

67. — Clos de la ferme de Granges, près du Tréport (1867).

H., 64 c.; l., 45 c.

68. — Étude d'arbres; ferme de Granges (1867).

H., 64 c.; l., 45 c.

69. — Vue prise aux environs du Tréport (1867).

H., 64 c.; l., 45 c.

SEINE-ET-MARNE

70. — Vue prise dans la forêt de Fontainebleau (1835).

H., 45 c.; l., 26 c.

71. — Mare près de Segret (1868).

H., 56 c.; l., 38 c.

72. — Pont de Segret (1868).

H., 64 c.; l., 45 c.

73. — Étang de Bellemer, à la Grange-Bléneau (1868).

H., 46 c.; l., 37 c.

74. — Le Moulin-Aubert, près de Segret (1868).

H., 73 c.; l., 60 c.

75. — Le Moulin-Aubert, près de Segret (1868).

H., 65 c ; l., 55 c.

76. — Effet du matin ; étang de Bellemer, à la Grange-
Bléneau (1868).

H., 55 c.; l., 42 c.

77. — La Fosse-aux-Loups, à la Grange-Bléneau ; effet
d'automne (1868).

H. 1ᵐ,96 c.; l., 1ᵐ,47 c.

PARIS. — J. CLAYE, IMPRIMEUR, 7, RUE SAINT-BENOIT. — [21]